REDRESSEMENT

DES ASSERTIONS

DE M. LE COMTE DE MOSBOURG,

DÉDUITES, PAR LUI,

DES COMBINAISONS QU'IL CROIT QU'ON POURRAIT SUBSTITUER,

AVEC AVANTAGE,

A CELLES QU'A PRÉSENTÉES M. LAFFITTE,

POUR PROCURER A L'ÉTAT LES 200 MILLIONS EXIGÉS PAR LES BESOINS
EXTRAORDINAIRES DU BUDGET DE 1831.

PARIS. — IMPRIMERIE DE COSSON,
Rue Saint-Germain-des-Prés, n° 9.

REDRESSEMENT

DES ASSERTIONS

DE M. LE COMTE DE MOSBOURG,

DÉDUITES, PAR LUI,

DES COMBINAISONS QU'IL CROIT QU'ON POURRAÎT SUBSTITUER,

AVEC AVANTAGE,

A CELLES QU'A PRÉSENTÉES M. LAFFITTE,

POUR PROCURER A L'ÉTAT LES 200 MILLIONS EXIGÉS PAR LES BESOINS
EXTRAORDINAIRES DU BUDGET DE 1831.

PAR ARMAND SÉGUIN,

DE L'INSTITUT.

PARIS.

MARS 1831.

AVANT-PROPOS.

La position difficile dans laquelle nous nous
trouvons, et les graves embarras que pourraient
engendrer le renouvellement de fausses direc-
tions financières, m'ont déterminé à redresser
les assertions d'un homme estimable dont j'ap-
précie la loyauté et la droiture, et dont, conséquemment, je n'attaquerai ni les intentions ni
la capacité.

De succinctes et impartiales observations,
sur ce sujet, m'ont semblé nécessaires dans

Son passif s'éleverait à . 332,200,000 fr.

Il aurait donc perdu en totalité sa fortune primitive de 100 millions, et se trouverait, en outre, endetté de. . . . . . 166,000,000 fr.

Or, s'il est vrai, ainsi qu'il résulte des évaluations du gouvernement, que notre fortune en forêts s'élève à un capital de

3 milliards,

y appliquant ces données, il résulterait que, en continuant à suivre la même direction, dans trente années, nous aurions complètement perdu cette fortune de 3 milliards en forêts, et, de plus, que nous nous serions endettés de

4,998,000,000 fr.

Près de 5 milliards.

J'ai signalé ce danger en 1815; si, à cette époque, j'avais été entendu et compris, on aurait évité de grands maux financiers dont, sans doute, nous nous ressentirons encore pendant bien des années.

Sans égard pour le renouvellement de ces dangers, voici comment s'exprime M. le comte de Mosbourg :

« Vendre deux cents millions de bois, parce
» qu'on a besoin de deux cents millions, c'est
» agir comme un propriétaire obéré ; c'est se li-
» vrer à une opération triviale, isolée, sans ave-
» nir, sans relation aucune avec le système éco-
» nomique du pays ; et il me semble que ce serait
» une énorme faute dans un grand Etat qui a
» fondé à si grands frais son système de crédit.

» En négociant un emprunt sur des rentes,
» et en combinant les opérations de la caisse
» d'amortissement avec des ventes de bois fort
» modérées, nous pourrions, si cette nécessité
» nous était imposée, pourvoir, pendant un
» grand nombre d'années, à des dépenses de
» guerre, sans accroître considérablement nos
» impôts, et sans que jamais notre dette s'élevât
» beaucoup au dessus de son niveau actuel. L'o-
» pération serait fort simple.

» Je suppose que les besoins fussent, pour
» une seule année, de deux cents millions, et
» que, pour les obtenir, il fallût constituer douze
» millions de rentes avec deux millions d'a-
» mortissement ; on pourrait ordonner que ces
» deux derniers millions seulement seraient
» fournis par l'impôt, et qu'il serait pourvu au
» paiement des douze millions par une vente

» annuelle de bois, jusqu'à ce que la caisse d'a-
» mortissement ait racheté, avec la masse entière
» de la dotation, douze millions de rentes de
» toute nature; ces rentes alors seraient annu-
» lées; les ventes des bois cesseraient, et la dette
» se trouverait ramenée au point où elle est en
» ce moment avec un amortissement supérieur
» de plus de trois millions à celui que nous avons
» aujourd'hui. »

Sauf quelques erreurs de calcul peu impor-
tantes en elles-mêmes, je n'aurais d'autre objec-
tion sérieuse à faire sur cette proposition que
l'infraction formelle qu'elle apporterait aux en-
gagemens positifs pris et renouvelés avec les rentiers par toutes les lois sur l'amortissement;
infraction qui consisterait à les déshériter, au
moins en grande partie, pendant trois années, de
la puissance amortissante qui, pour la totalité,
leur est acquise, qu'on ne pourrait légalement
détourner pour aucune autre application, et
qu'on ne pourrait même restreindre que par
des annihilations de rentes produisant en même
temps, nécessairement, des soulagemens pour
les contribuables.

Toutefois continuons:

« Des calculs faits avec soin établissent que
» si la guerre ou d'autres besoins extraordinaires

» exigeaient, chaque année, pendant trois ans,
» un emprunt de 200 millions, on aura fait
» disparaître cette dette de 600 millions, c'est-
» à-dire, ramené la somme de nos rentes con-
» stituées, celle de nos impôts et la puissance
» de notre amortissement, à leur état actuel,
» trois ans et demi après que les emprunts au-
» raient cessé, ou en d'autres termes, dans six
» ans et demi, à partir de l'époque actuelle,
» en vendant des bois dans cet intervalle seule-
» ment pour une somme de 159 millions. »

Dans cette autre combinaison l'infraction à la loi et l'injustice, aussi bien que le manque de foi, envers les rentiers actuels, seraient encore bien plus prononcées, car le préjudice que ces dispositions leur imposeraient en les deshéri- tant, au moins en grande partie, de leur puis- sance amortissante, se prolongerait pendant le double de temps, c'est-à-dire pendant six ans et demi.

Néanmoins poursuivons :

« Vous voyez, messieurs, combien un tel
» système d'opérations ménagerait les res-
» sources de l'Etat, et comment il permettrait de
» continuer long-temps de grandes dépenses
» sans gréver le peuple d'énormes impôts. Les
» 200 millions de bois qu'on propose de con-

» sommer en une seule année, pourraient pro-
» curer environ 800 millions, et payer pendant
» quatre ans les frais de la guerre. Ce système
» est cependant bien simple : il consiste unique-
» ment à lier les emprunts nouveaux avec les
» anciens, et à utiliser avec quelque habileté,
» sans les détourner jamais de leur destination
» sacrée, les grands moyens de libération accu-
» mulés à la caisse d'amortissement. »

Sans les détourner jamais de leur destination sacrée ! c'est là qu'est le prestige ou le
subterfuge de M. le comte de Mosbourg.

Il y a détournement par cela seul que vous
disposez autrement qu'il a été ordonné par la
loi.

Dans la supposition de M. le comte de Mosbourg, les besoins de nécessité s'élèveraient à
600 millions. Pour se les procurer, M. de Mosbourg ferait une émission de 36 millions de
rentes six pour cent, dont les arrérages seraient servis par des ventes de forêts, et dont
l'extinction serait effectuée par l'action des 81
millions de notre puissance amortissante; aug-
mentée d'un surcroît annuel de dotation de
6 millions. (Tels seraient les chiffres exacts de
l'opération.)

Suivant M. de Mosbourg, ces dispositions

n'auraient aucune influence d'action détériorante, ni sur les rentiers, ni sur les contribuables. C'est là où est l'erreur de M. de Mosbourg. Le fait vrai est que cette influence,
d'action détériorante, existerait nécessairement pour eux, *tous*, proportionnellement à
l'importance de l'opération. Cela est évident,
nonobstant tous les reviremens de boudoirs
auxquels on voudrait se rattacher. Peu de mots
suffiront pour le prouver.

Le capital de notre dette rentière annuelle
s'élève à

$$3,855,257,172 \text{ fr.}$$

En mettant de côté les combinaisons de
M. de Mosbourg, dans six ans et demi ce capital, soumis à l'action de notre puissance
amortissante actuelle, serait réduit au moins à

$$3,236,257,172 \text{ fr.}$$

Je dis au moins, parce que je fonde cette
réduction sur des rachats au pair, tandis que,
dans l'ordre des probabilités, elle dérivera de
rachats plus avantageux pour l'État.

Il y aurait donc, dans cette situation comparative du capital de la dette, une diminution de 619 millions.

Dans l'état actuel, l'achèvement de notre libération, par suite de l'influence de notre puissance amortissante, aurait lieu au bout de

24 années 11 mois 15 jours.

Dans les combinaisons de M. de Mosbourg, cet achèvement de libération, par suite de notre puissance amortissante, même en y ajoutant l'augmentation proposée par M. de Mosbourg, n'aurait lieu qu'au bout de

26 années 11 mois 3 jours.

La durée de libération excéderait donc, dans les combinaisons de M. de Mosbourg, la durée de libération dans l'état de choses actuel, de

1 année 1 mois 6 jours.

Et, pendant ce temps, les contribuables auraient à maintenir un service annuel de

279,762,858 fr.

Composé de

    Arrérages. . . . . . 192,762,858. fr.
    Puissance amortissante. 87,000,000.
                                      —————————
    Ensemble. . . . . . 279,762,858 fr.

Il est donc évident qu'il y aurait lésion pour les contribuables, sous l'aspect du fait matériel, et lésion pour le rentier actuel, sous l'aspect du prolongement de la libération : lésions qui seraient forcées, par suite de l'exigence et en proportion des besoins de nécessités.

Et c'est, contrairement à ces positions matérielles, que M. de Mosbourg ne craint pas d'avancer que ses combinaisons n'apporteraient aucun résultat d'action détériorante ni sur les rentiers, ni sur les contribuables, et qu'ils n'auraient pas à s'en plaindre. C'est bien à ce sujet qu'on pourrait rappeler à M. le comte de Mosbourg que, relativement aux combinaisons financières, tout doit se résoudre en matériel; les entortillages sous lesquels on voudrait le déguiser, ne produisent que des illusions propres à égarer, même les intentions les plus pures.

Une autre assertion de M. de Mosbourg est

2

que, en suivant une direction semblable à celle qu'il indique, nos forêts, estimées, dit-il, par le ministre des finances, à 3 milliards, suffiraient pour une guerre plus longue que celle de la révolution. A ce sujet, il importe de rechercher d'abord si cette direction atteindrait ce résultat, et, en second lieu si, même en le supposant, il n'y aurait pas contrairement aux assertions de M. de Mosbourg lésion, et pour les rentiers, et pour les contribuables. Admettons donc avec M. de Mosbourg, une guerre aussi longue que celle de la révolution, de 10 années, par exemple; admettons de plus avec lui, qu'une telle guerre exigerait annuellement une dépense extraordinaire de 200 millions qu'on se procurerait à l'aide d'emprunts à six pour cent, dont on servirait les arrérages par des encaissemens de ventes de forêts, et pour lesquels on créerait un surcroît de puissance amortissante à la charge des contribuables de un pour cent du montant de l'emprunt.

Dans une telle position, le service des arrérages et conséquemment la nécessité de ventes de forêts, seraient ainsi qu'il suit :

Première année,	12,000,000 fr.
Deuxième année,	24,000,000
Troisième année ,	36,000,000
Quatrième année,	48,000,000
Cinquième année,	60,000,000
Sixième année,	72,000,000
Septième année,	84,000,000
Huitième année,	96,000,000
Neuvième année,	108,000,000
Dixième année,	120,000,000
Ensemble ,	660,000,000 fr.

Les surcharges des contribuables pour subvenir aux besoins du supplément de dotation, seraient ainsi qu'il suit :

Première année,	2,000,000 fr.
Deuxième année,	4,000,000
Troisième année,	6,000,000
Quatrième année,	8,000,000
Cinquième année,	10,000,000
Sixième année,	12,000,000
Septième année,	14,000,000
Huitième année,	16,000,000
Neuvième année,	18,000,000
Dixième année,	20,000,000

Et ainsi de suite, à raison de 20 millions par année, jusqu'à extinction des émissions.

Dans la direction de M. Mosbourg, les 81 millions de notre puissance amortissante actuelle seraient joints à ces dotations supplémentaires, de telle sorte, que cette puissance amortissante se trouverait finalement élevée à

101,000,000 fr.

En employant cette puissance en rachats, au pair de 100 francs pour 6 francs, des rentes émises, et en supposant même que la totalité de la puissance ait une action dès la première année, quoique son importance doive s'élever graduellement seulement à raison de 2 millions par année, les rachats à la fin de la dixième année s'éleveraient à 79,902 francs de rentes au capital de 1,331,700,000 francs.

Or, comme l'émission aurait été de 120 millions de rentes, il en resterait encore 40,092 francs au capital de 2,405,520 francs, dont les contribuables seraient obligés de servir les arrérages, les ventes de forêts cessant alors d'exister ; joignant à ce surcroît de charges, celle de 20 millions pour l'accroissement de puissance amortissante, on aurait un ensemble de 60,092,000, chiffre qui représenterait l'accroissement de charges annuelles qu'auraient à supporter les contribuables, par suite de la direction de M. de Mosbourg. Et M. de Mosbourg dirait que ceux-ci n'auraient pas à se plaindre!

Quand aux rentiers actuels, pourrait-on prétendre qu'ils n'auraient pas non plus à se plaindre, lorsque (d'après les dispositions de la dernière loi sur l'amortissement, jouissant aujourd'hui pour arriver à la libération, d'une puissance amortissante qui s'élève à 2 1/10 pour o/o de leur capital,) ils seraient forcés, dans les dispositions de M. de Mosbourg, de s'associer et de faire pour ainsi dire compte commun avec de nouveaux rentiers ne jouissant que d'une puissance amortissante de 1 pour o/o de leur capital?

Il est donc évident que, même en supposant la possibilité de réalisation de la direction de M. de Mosbourg, il y aurait en partant de ses poses de données, lésion pour les rentiers et lésion pour les contribuables.

Et voilà le genre de simplicité et d'attrait, dont M. de Mosbourg chercherait à convaincre les contribuables et les rentiers actuels! Que

2*

Dieu les préserve de tels essais. Ils reconnaî-
traient bientôt, à leurs dépens, que dans de tels
lits de roses, il s'y trouve bien aussi disséminé
quelque peu d'épines.

En vain, M. le comte de Mosbourg, pour
pallier le reproche de détournement de la pro-
priété des rentiers actuels, voudrait-il prétexter de
cette véritable déception : qu'ils participeraient
comme les nouveaux rentiers, à la possibilité des
rachats; qu'ainsi, le détournement ne serait pour
eux que d'une minime importance, et seulement
dans le rapport de leur capital nominal comparé
avec le capital nominal de la nouvelle création de
rentes. — Eh quoi? pourrait-on répondre à M. le
comte de Mosbourg, auriez-vous donc pu oublier
si promptement la nouvelle loi sur l'amortissement à laquelle cependant vous avez efficace-
ment concouru, puisque vous étiez l'un des
membres de la Commission au nom de laquelle a été fait le rapport? loi dont l'esprit
et le texte sont en opposition avec vos dispositions ?

En effet, son article 5 dispose que

« A l'avenir, lorsqu'il sera contracté une dette
» nouvelle en rentes sur le Grand Livre, la loi
» qui l'autorisera en fixera l'amortissement, qui
» ne pourra être moindre de 1 pour o/o. »

«Son article 1er dispose : la somme annuelle,
» de 40 millions, fixée par la loi du 25 mars 1817
» pour l'amortissement de la dette fondée, aug-
» mentée de celle de 1,665,050 fr. par la loi du
» 19 juin 1818, continuera d'être affectée à l'a-
» mortissement des rentes 5, 4, 4 1/2 et 3 pour
» cent.

» Il en sera de même des rentes amorties
» depuis le 28 avril 1816, dont la caisse d'amor-
» tissement perçoit les arrérages, tant qu'elles
» n'auront pas été annulées en vertu d'une loi. »

Son article 2 dispose :

«Le jour de la présentation de la présente
» loi, la dotation de 41,665,050 fr. fixée par
» les lois des 25 mars 1817 et 19 juin 1828,
» ainsi que la somme de rentes rachetées par
» l'emploi de cette dotation, seront arrêtées et
» partagées, mais par une opération distincte,
» entre les quatre espèces de rentes 5, 4, 4 1/2
» et 3 pour cent, proportionnellement au capital
» de rentes restant à racheter sur chaque fonds.

Et son article 3 dispose :

« La portion de la dotation accordée à cha-
» cune de ces espèces de rentes sera spéciale-
» ment consacrée à en opérer le rachat, tant que
» cette espèce de rentes n'aura pas dépassé le
» pair.

Et si l'on voulait encore renforcer l'esprit de ces articles, il suffirait de rapporter l'article 11, qui avait été adopté par la commission de la chambre des députés, et qui a été refondu dans l'article 9 du projet amendé.

« Lorsqu'une espèce de rentes aura été entiè-
» rement rachetée par le fonds d'amortissement
» qui lui appartient, » (Qui lui appartient, cette expression est remarquable.); « elle sera annulée;
» la dotation consacrée à en servir l'intérêt et
» l'amortissement deviendra libre, et la dispo-
» sition en sera rendue à l'état. »

Voici donc le cas exclusif bien précisé, où le détournement de l'emploi peut avoir lieu, et cela faute de l'aliment primitif d'emploi.

Hors de là, son détournement pour une application différente, serait illégal.

En résumé, le fallacieux merveilleux de la proposition de M. le comte de Mosbourg se résout en un empunt forcé, à la charge principalement des porteurs actuels d'inscriptions de rentes.

Certes, je le concevrais : les aspirans à une direction financière, encore assis sur les bancs inférieurs de l'école, pourraient, sans trop redouter des contradictions sérieuses, tenter de prouver le plus ou le moins d'exactitude des chiffres de semblables propositions ; mais il ne me serait pas aussi facile d'admettre que les adeptes, déjà élevés en grade, voulussent jamais s'exposer à compromettre leur logique et la rectitude de leurs méditations pour, tête levée et avec suffisamment de confiance, se déclarant, en cette circonstance, les champions de M. le comte de Mosbourg, soutenir qu'on pourrait facilement ainsi « suffire à une guerre » plus longue que celle de la révolution, » et cela sans *infraction* à la loi, sans *injustice* pour les rentiers actuels, sans s'exposer à des *reproches fondés* de leur part, enfin sans *grever* les contribuables.

N'était-ce pas ainsi que le marquis de M. Jourdain lui disait, en l'honorant d'un léger soufflet amical, et en concentrant ses éclats de rire : « Mon bon M. Jourdain, je vous dois, je n'en » disconviens pas : prêtez-moi de nouveau; » alors je vous devrai davantage, et je m'acquit- » terai plus tard. Vous n'aurez donc pas à vous » plaindre. »

N'est-ce pas aussi par trop compter sur la bonhommie de certaines classes de l'espèce humaine !

Malheureusement, le moindre des inconvé- niens de semblables jongleries est de faus-

ser le sens des personnes peu habituées aux
méditations sérieuses, et de produire, par illu-
sion, dans leur esprit, l'effet de la puissance
d'action, presque perpétuelle, des piles galva-
niques, à base de papier-brouillard.

ARMAND SÉGUIN.